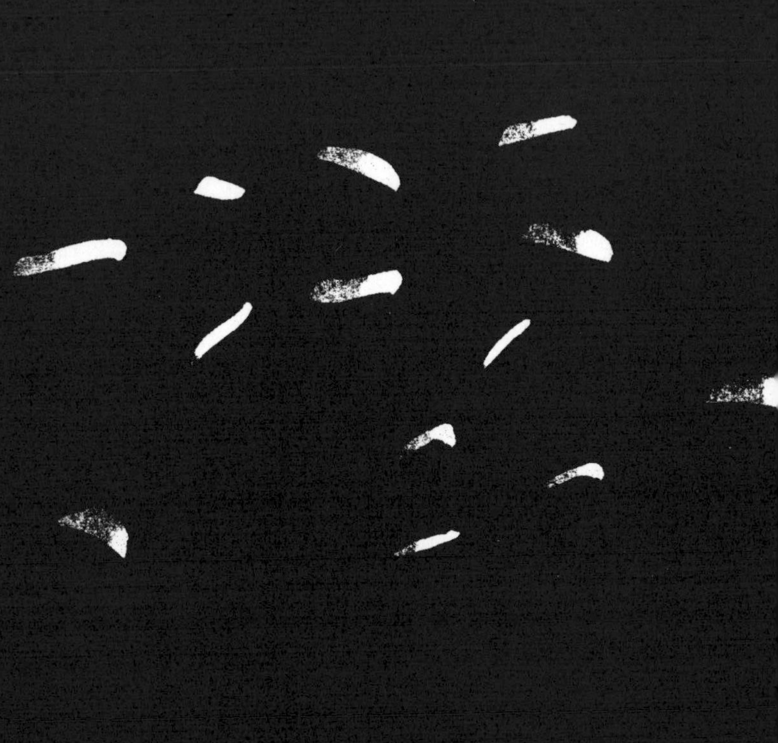

뷰티-풀

박민정 글×유지현 그림

미메시스

OPEN

차례

그러게, 너 같은 맛 난다. 석현은 나를 보며 빙긋 웃었다. 그러게, 아무런 의미 없이 말 앞에 붙이는 석현의 말버릇이었다. 석현은 그것을 피우며 내게 계속 웃어 보였다. 뉴욕에서 백언니랑 흑언니랑 동시에 안아 봤을 때, 하얀 피부에서도 검은 피부에서도 같은 맛이 난다는 걸 처음 알았지. 지금은 네 맛 난다. 석현은 아무렇게나 지껄였다. 기분이 좋아 보였다. 그의 시커멓게 변색된 잇몸을 처음 봤을 때, 그때 나는 미처 몰랐다. 거기서 더 가면 석현이 어떤 상태가 되는지. 딱 거기까지였을 때의 석현은 내게 입을 맞추려고 얼굴을 오른쪽으로 틀었다. 내게는 왼쪽으로

다가오던 얼굴. 목덜미에는 시커먼 대나무 숲이 그려져 있었다.

우리 — 석현과 나 — 는 〈뷰티 - 풀〉에서 재회했다. 은석동 상가 재개발 반대 집회에 갔다가 얼떨결에 뒤풀이에 참여하게 되었는데, 모임을 주도하던 이들이 은석동에서도 한참 외진 골목에 있는 술집 〈뷰티 - 풀〉을 찾아내자 다들 환호성을 질렀다. 여긴 와도, 와도 헷갈리는 골목에 있어! 뷰티 - 풀, 밀크샤워…… 동시에 단어들이 떠올랐고 나도 모르게 그것들을 주워섬겼다. 나보다 열 살 많은 기타리스트가 내 옆구리를 쿡 찔렀다. 뷰티 - 풀을 알아? 어린 시절이었을 텐데? 나는 기억하고 있었다. 1998년 개봉작 「바이준」의 소제목으로, 마리화나를 의미하는 말이었다. 그땐 우리가 강남이건 홍대건 주름잡았을 때였지. 모여 있던 40대 중후반 기타리스트와 드러머들이 소리쳤다. 더러 시인도 있었고 사진작가도 있었다. 그런 모임에는 처음 껴보았다. 나는 음악을 듣지 않았고 술을 마시지도 않았다. 가끔 마음을 끌리게 하는 시집과 사진집은 있었지만, 그걸 만든 사람을 직접 만나 보고픈 생각은 평생 한 번

도 하지 않았다. 듣자 하니 모여 있던 기타리스트와 드러머들은 그들이 대학에 입학하거나 사회에 진출한 1990년대 초반부터 마포구 일대를 주름잡던 치들이었다. 그들 중 몇몇은 흔히 〈1세대〉라고 불렸다. 떡이 진 머리에 가죽 재킷을 입고 징이 잔뜩 박힌 롱부츠를 신은 남자가 자기를 시인이자 보컬리스트라고 소개했다. 「내 노래는 제3소리잖아! 다들 알지?」 알 수 없는 말이었다.

나는 그렇게 얼결에 〈뷰티-풀〉에 입장하게 되었다. 10평 남짓의 작은 술집이었고, 사장으로 보이는 여자는 이미 취해 있었다. 여자는 입장하는 무리들을 향해 고함을 질렀다. 씨발 새끼들, 자주 안 오냐. 나는 겁이 덜컥 났다. 좁은 술집에 페인트칠이 벗겨진 의자와 탁자 몇 개뿐인데, 답지 않게 고급스러운 샹들리에가 걸려 있었다. 나는 계속 누군가 내 등을 미는 힘에 의해, 마치 광화문 한복판의 집회에서처럼, 앞으로 나아갔고 겨우 구석자리에 걸터앉았다. 어떤 집회 후에도 뒤풀이에 참여하지 않으려고 애써 도망가기만 했던 내가 그날 거기 갔던 건 역시 석현을 만나기 위해서였다, 라고 생각할 수밖에 없다.

어이, 약쟁이. 누군가는 그렇게 불렀다.

어이, 문신쟁이. 누군가는 또 그렇게 불렀다.

구석에 앉아 이미 위스키를 마시고 있던 젊은 남자, 그가 석현인지 대번에 알아볼 수는 없었다. 고개를 숙이고 있었고 조도는 낮았기에. 사장은 그의 옆에 바짝 붙어 앉아 그의 허벅지를 쓰다듬고 있었다. 누군가의 부름에도 손길에도 아랑곳하지 않는 듯 술을 마시던 그는 자기를 시인이자 보컬리스트라고 소개한 거지 같은 남자에게 말을 걸었다. 형, 요즘도 미자 건드리고 다닙니까? 〈미자〉는 미성년자의 줄임말이었다. 나는 그 말에 놀랐고, 고개를 든 그의 모습을 보며 기절하는 줄 알았다.

그는 석현이었다. 석준의 일란성 쌍둥이 동생. 내가 그토록 그리워하고 원망한 첫사랑의 얼굴 그대로였다. 그러나 내가 사랑한 사람은 그가 아니라 석준이었다. 오래전 어린 시절에도 그와 석준이 언뜻 구분하기 어려울 정도로 닮았다는 사실은 알고 있었다. 그러나 그때도 지금도 석준은 석현이 아니었고, 석현은 석준이 아니었다. 그때나 지금이나 얼른 구분할 수 있을 것 같았다. 잘 보니 목덜미에

서부터 손가락까지 시커먼 타투로 뒤덮고 있었고, 아마 전신을 타투로 뒤집어쓴 것 같았다. 아무리 닮았어도 석준과 구분을 못할 일은 없다.

그런 석현이 나를 알아보았다.

「유리는 오랜만이다?」

우리 — 석준과 나 — 는 내가 중학교 1학년일 때, 여름 농활에서 처음 만났다. 성당 청소년부에서 주도한 농활이었다. 나는 초등학교를 갓 졸업한 청소년부의 막내였고 석준은 청소년부 최고학년인 고등학교 2학년으로 학생회장을 맡고 있었다. 경기도 남부의 작은 마을 농촌으로 가는 대절 버스 안에서 마이크를 잡고 석준이 사회를 봤다. 짝다리를 짚고 선 그는 버스의 움직임에 요동도 하지 않았다. 문정동 성당 친구들, 우리 주일마다 소성당에서만 만나다가 이렇게 다 같이 대절 버스 타고 어디 가니까 신나죠? 신나기만 하면 안 돼요. 우리 문정동의 이름을 걸고 농민 여러분을 열심히 도와주고 옵시다. 하얀 폴로셔츠를 입은 석준을 나는 멍하니 바라봤다. 나와 몇 살 차이 나지도

않는데 그렇게 어른스럽고 말솜씨가 능숙한 사람을 난생 처음 봤다. 앞줄에 앉은 여자애들은 질문이랍시고 손을 들며 실없는 말들을 해댔고 그럴 때마다 석준은 가까이 다가가서 눈을 크게 뜨고 그들의 말을 경청했다. 그때 짓던 석준의 표정을 나는 영원히 기억할 수 있을 것 같았다. 주름이 굵게 두 줄 잡힌 이마에 동그래진 눈으로 상대방의 말을 진지하게 경청하는 표정. 농활은 일곱 개 조로 나뉘었고, 내가 속한 조의 조장이 다름 아닌 석준이라는 걸 알았을 때 나는 기뻐 소리를 지르고 싶었다.

석준을 생각하면, 그의 넓고 가파른 잘생긴 이마와 콧대, 하얀 폴로셔츠나 청남방이 잘 어울리던 가무잡잡한 피부가 떠오르고, 그런 그가 처음 내 어깨를 짚던 순간이 어제처럼 기억난다. 농활은 3박 4일이었다. 나는 그렇게 긴 시간 동안 집을 떠나 본 적이 없었다. 숙소는 농촌의 폐교였다. 교실 하나에 스무 명씩 들어가 침낭에서 잠을 잤다. 고등학생 언니들이 3박 4일 동안 사용할 화장품과 옷가지를 얼마나 많이 가지고 왔는지 보며 깜짝 놀랐다. 나는 대충 세수하고 베이비 로션만 발랐는데, 드라이어로 머리를

공들여 만지며 화장하는 언니들을 보며 위화감을 느꼈다. 그 언니들이 석준의 절친한 동생들이자 친구들이고, 나보다 훨씬 오래 청소년부 생활을 함께했으며, 성당 밖에서도 만나고 논다는 사실에 화가 났다. 석준보다 내 또래에 가까운 중학생 오빠들은 죄다 코흘리개로만 보였다. 나는 고작 중학교 1학년이었고, 석준은 청소년부의 최고학년인 고등학교 2학년이었다. 그때는 그 차이가 감당할 수 없을 만큼 크게 느껴졌다.

석준이 어깨를 짚었던 순간만큼 선명하게 내 다리에 붙은 거머리를 떼어 주던 순간도 기억난다. 스타킹을 미처 준비하지 못해 맨다리로 논에 들어간 나는 곧바로 거머리에 물렸다. 아프지 않았지만 떨어지지 않는 거머리가 불쾌했다. 석준은 내 다리를 붙들고 끙끙대며 거머리를 떼어 주었다. 석준은 나를 우리 막내, 라고 불렀다. 농활이었지만 논밭에서 일하던 장면들보다는 폐교 운동장에서 이인삼각 경기를 하거나 호키포키 댄스를 추던 장면들만 기억난다. 내게 그 이후의 20세기는 없다. 이인삼각 차례가 다가오자 윗니와 아랫니를 부딪치며 달달 떠는 내 어깨를 짚

으며 석준이 했던 말, 막내 유리 파이팅, 이런 것들이나 석준과 팔짱을 끼고 춤을 추던 장면.

그땐 조금도 주목하지 않았지만, 농활 현장에는 석현도 있었다. 학생회장이라 여기저기 다니며 주목받는 석준에 비해 석현은 일하는 시간 외엔 조용히 구석에 앉아 만화책을 읽곤 했다. 석준과 언뜻 구분할 수 없을 정도로 닮은 얼굴이었지만 두 사람은 각각 개성 있는 분위기를 갖고 있어 뭇사람들이 헷갈릴 일은 없었다. 당시 유행하던 세련된 옷차림을 한 석준과는 다르게 석현은 만화에 나오는 아이처럼 딱 붙는 쫄티에 힙합 바지를 입고 있었고, 목에 초커를 걸고 있었으며 손목에는 고양이와 토끼 인형이 번갈아 끼워진 팔찌를 끼고 있었다. 내가 석준에게 첫눈에 반했다고 해서 그와 얼굴이 똑같이 생긴 석현에게 반할 수는 없는 일이었다. 석준을 좋아하는 여자애들이 많아 보였다. 등나무 밑에 가만히 앉아 있어도 석준에 대한 이야기가 들렸다. 알아? 저 오빠가 그 밴드부 보컬이래. 거기 그 학교 짱이지? 석현에 대한 이야기는 누구도 하지 않았다. 나는 석준의 이름이 나올 때마다 귀를 쫑긋 세웠다. 석준은 근

방 남고의 인기 밴드부 보컬이었으며, 청소년부의 학생회장이었고, 공부도 잘한다고 했다. 내년부터는 석준 오빠 안 나올 텐데 무슨 낙으로 성당 오냐. 언니들이 지껄였다. 내게 청소년부 생활은 앞으로도 한참 남았으리라고 생각하니 아득했다.

유리는 오랜만이다, 그런 가벼운 인사를 던질 수 있는 걸까. 아무리 사람이 철딱서니가 없고, 비록 잔뜩 술에 취한 상태라고 해도. 자기가 유리였어? 석현의 허벅지를 쓰다듬던 사장이 나를 지그시 올려다봤다. 기분이 나빴다. 그 여자는 생전 처음 보는 사람이었다. 뷰티 - 풀. 이름답게 전부 마리화나라도 피운 걸까. 본데없는 방담이 오갔다. 모두의 눈이 풀려 있었다. 이들이 대낮에 은석동 상가 재개발 반대 집회에서 전국철거민연합과 연대하여 생존권을 부르짖었다는 게 믿기지 않을 만큼 무질서하고 형편없었다. 구석에서 시인이자 보컬리스트라는 남자가 자신의 시에 즉흥적으로 곡을 붙여 노래를 불렀다. 위스키를 한 잔 들이켠 젊은 여자는 상의를 브래지어 바로 아래까지

들어올렸다. 여…… 새로 그렸나 보네? 옆에 있던 남자가 여자의 갈비뼈를 쓰다듬었다. 거기 길쭉하게 밀로의 비너스가 그려져 있었다. 순간 아름답다는 생각에 내 눈동자도 돌아갔다. 남자는 여자의 갈비뼈에 입을 맞췄고, 여자는 깔깔 웃으며 까만 장갑을 꺼내 끼고 비너스의 포즈를 흉내 냈다. 옆 테이블에서는 게임이 벌어지고 있었다. 테이블에 가득 뿌려 놓은 설탕을 지정된 사람이 혀로 핥아 먹는 게 그 게임의 내용인 것 같았다. 첫눈에 보면 고등학생으로 보일 만큼 앳된 단발머리 여자가 고개를 숙이고 설탕을 핥고 있었고, 누군가 그녀의 머리채를 붙들고 있었다. 나는 술 한 잔은커녕 물 한 컵도 마시지 못한 채 앉아만 있었다. 석현은 내게 아는 척만 했을 뿐 챙겨 준다거나 술 한 잔 권하지도 않았다. 그게 우리가 성인이 된 후 첫 만남이었다.

그때 그 무리들 중에서 술자리의 풍경을 부감할 수 있는 사람은 오직 나뿐이었다. 자신들이 무슨 짓을 하고 노는지 한 번도 돌이켜 생각해 본 적 없는 사람들 같았다. 석현은 어느새 옆에 앉은 여자와 입을 맞추고 있었다. 술 한

모금에 키스 한 번, 그게 마치 자연스러운 인사라는 듯이. 나는 그 꼴을 더 보기가 힘들어 일어서려 했다. 잠자코 가방을 들고 일어섰을 때, 테이블 저편의 석현이 다리를 뻗어 나를 툭 쳤다. 유리, 어디 가? 나는 앞선 석현의 인사에 대답조차 하지 못했다. 중학교 시절처럼 적당히 반말을 섞은 존댓말을 해야 하는지, 예의를 갖춘 존댓말을 해야 하는지, 아니면 지금의 석현처럼 되는 대로 반말로 지껄여도 되는 건지. 부지불식간에 석현이 내 손을 잡아끌었다.

철골이 드러난 화장실에서 석현은 다짜고짜 내 허리춤에 손을 갖다 댔다. 주춤하는 사이 그의 오른손이 팬티 속을 파고들었다. 그는 내게 입을 맞추지도 않고(그런 걸 원한 것도 아니었지만), 단 한 번 머리카락을 쓰다듬는 일도 없이 팬티 속으로 손을 집어넣어 손가락을 움직였다. 석현을 처음 본 순간부터 어쩌면 예상했던 일인지도 몰랐다. 나는 그렇게 생각하려고 애썼다. 잠깐 움찔하는 사이 석현의 한마디를 듣기 전에는. 그는 내 귀에 바짝 입술을 붙이며 중얼거렸다.

「유리야, 왜. 우리는 이미 볼 거 다 본 사이잖아.」

「우리가 언제?」

「씨발, 석준이 그 새끼 아직도 못 잊었냐?」

그 말에 정신이 번쩍 들었다. 1998년의 농활, 그 캠프파이어에서, 다 같이 옛 포크송을 메들리로 합창하며 즐거워하던 폐교의 운동장에서. 그리고 그곳에서 나는 한달음에 은석동 <뷰티 - 풀>로 달려왔던 것이다. 석현을 만나기 위해서.

성당에서 집까지는 시내버스로 20분 걸렸다. 그날따라 누구도 나를 데리러 와주지 않았다. 아직 시내버스를 혼자 타는 일에 그리 익숙지 않았고, 겁이 났다. 3박 4일의 농활이 끝난 날, 나는 집에 가는 길목의 정류장 이름들을 속으로 외며 지갑에 넣어 둔 종이를 몇 번이고 꺼내 봤다. 아무 때나 메시지 부탁, 석준. 015 - 382 - 8410. 당장 집에 가서 석준의 사서함에 메시지를 남기고 싶었다. 황망히 나를 내려다보던 석현의 눈빛이 자주 떠올랐지만 그럴 때마다 일부러 고개를 흔들며 그 얼굴의 잔상을 잊으려 노력했다. 석준의 얼굴만을 떠올리고 싶었다. 그가 처음 어깨

를 짚던 순간이나, 막내 유리 파이팅, 하는 목소리 같은 것. 내 다리를 붙들고 거머리와 씨름하던 모습이나 빙글빙글 돌다 차례가 되어 그와 잠깐 팔짱을 끼고 춤을 출 때. 그리고 석준과 석현이 동시에 나를 내려다보던 모습.

집에 다 와갈 때 즈음 나는 비로소 깨달았다. 사실 내가 고개를 흔들어 지우고 싶은 얼굴은 석준의 얼굴과 똑같은 얼굴이었다. 같은 얼굴이라고 해서 같은 사람이 아니라는 건 누구보다 잘 알았지만 그 둘의 모습이 겹쳐 기억되는 것은 어쩔 수 없었다.

유선 전화기를 들고 줄을 배배 꼬며 나는 석준의 호출기 번호를 되뇌었다. 메시지를 남겨 줘, 하며 그가 빙긋 웃을 때도, 대절 버스에서 내리는 내게 그가 손을 내밀 때도 나는 그의 단 하나뿐인 여자 친구가 되었다고 확신할 수 없었다. 버스에서 내려 한동안 걷다 뒤를 돌아봤을 때, 석준은 모든 여학생에게 일일이 손을 건네며 높은 계단에서 내려올 수 있도록 도와주고 있었다. 더러 고등학생 언니들과는 짧은 포옹도 나눴다. 그 모습을 보는 순간 가슴에 불 같은 게 치밀었지만, 석준에게 따져 물을 수는 없었다. 사

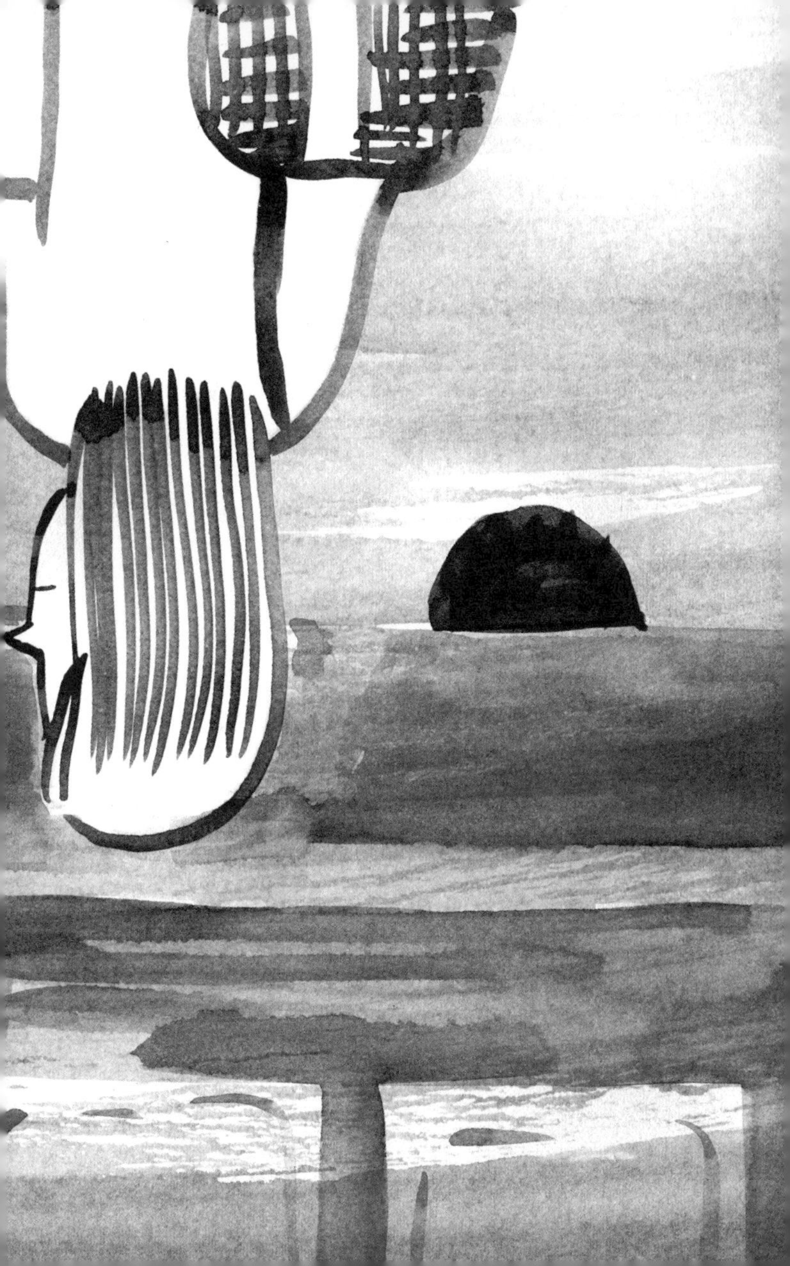

STOP

복 입은 보좌 신부님과 형, 동생처럼 깔깔대며 웃는 그에게 다가가 뭐라고 말을 건네겠는가.

그런 말은 20년이 지난 지금도 어렵다.

가령, 너무나 진부해서 웃음이 터질 것 같은, 〈지난 밤 일 잊었어?〉 같은 말. 어린 시절, 열네 살의 내게는 너무 어려웠다. 물론 성인이 되어서도 곧잘 그런 말이 필요했지만 그저 상황을 탓하며 잠자코 삼킬 수밖에 없었다. 그러나 누군가 비웃는대도 그런 말 외에 다른 말은 아무 필요 없는 순간이 있다.

열네 살의 내가 그러했듯이.

하나도 친해 보이지 않았던 석준-석현 형제가, 낮은 목소리로 이야기를 나누며, 번갈아 내 이마를 짚어 보던 모습. 폐교의 운동장으로부터 100미터 떨어진 정자에서. 나는 석준의 얼굴을 보고 싶었다. 석현의 얼굴은 꼴 보기 싫었다. 그러나 그는 내내 우리 곁에 있었고, 나는 석준의 얼굴보다 석현의 얼굴을 더 많이 봐야만 했다. 캠프파이어의 불길이 아직 폐교 운동장 위로 높이 솟아오르고 있었다.

살아오면서 한 번도 그를 추억해 본 적 없었으나, 석

현이 이런 꼴로 살고 있으리란 것도 예상 못한 일이었다. 다시 만난 내게 석현은 자신을 타투이스트라고 소개했다. 나는 그가 직업을 갖고 있어 다행이라고 생각했다. 그때도 구석에 앉아 만화책을 읽곤 했었지. 적성에 맞는 직업을 가졌구나. 그렇게만 생각했다. 그는 그날 밤, 〈뷰티-풀〉에서 나를 끌고 나와 근처에 있는 자신의 집으로 택시를 태워 데려갔다. 산자락에 있는 연립 주택이었다. 집에 들어서자마자 그는 나를 부둥켜안고 울음을 터뜨렸다. 유리야, 살아 있었구나. 이게 얼마만이냐. 환한 곳에서 보니 머리를 빡빡 깎은 그는 삼십대 후반의 나이인데도 소년처럼 보였다. 그는 둥근 머리통을 내 가슴에 부비며 계속 서러운 듯 울었다. 나는 생각했다. 오래전 저 먼 동네에서, 이런 적이 있었지. 그때도 그랬지만 지금도 나는 그들 형제에게 속수무책이었다. 석준을 기다리며 밤새 그 집 담벼락에 앉아 있을 때, 석현이 담요와 물을 가져와 건넬 때도 수치스럽지 않았다. 이 시간이 빨리 끝났으면 좋겠는 건지, 어떻게든 좀 더 유예해 보고 싶은 건지 스스로도 알지 못했다. 그럴 때 더러 아득한 시간을 단절하고 나를 어디론

가 데려간 사람이 석현이었다.

석준 형 없는데, 이리 올래? 내게 말을 건네던 그 옛날의 석현. 까까머리를 하고 오른손을 내밀어 고양이를 부르듯 나를 부르던 석현. 그리로 다가갈 때도 나는 내가 원하는 게 뭔지 몰랐다. 마치 지금처럼. 나는 가슴에 안긴 석현의 머리통을 쓰다듬으며 말했다. 그런데 오빠, 왜 우는 거야? 울 일 있어? 석현은 어느새 브래지어를 풀며 더듬더듬 말했다. 그거야 네가 반가우니까. 유리야, 잘 살았니? 석현이 지껄이는데 기분이 나빠졌다.

「오빠, 내가 잘 못 살았어야 해?」

석현은 이내 빙긋 웃었다. 술집에서만 해도 알아채지 못했는데 그의 잇몸이 시커멨다. 그러고 보니 흰자위는 실핏줄이 터져 불그죽죽했고, 얼굴색 역시 그랬다. 석현은 비타민과 영양제 박스가 가득 놓인 식탁에서 사부작대더니 담배를 꺼냈다. 석현은 손짓으로 내게도 권했다. 나에겐 담배가 있었으므로 그것을 거절했다. 그날 꺼낸 그것이 무엇이었는지, 시판 담배였는지 〈뷰티 - 풀〉이었는지 나는 끝내 기억해 내지 못했다. 나는 마리화나의 냄새를 알

TAXI
TAXI

지 못했고, 언뜻 봐서 그것은 담배와 구분하기 어려웠다.

석현은 고양이 두 마리를 키웠다. 커다란 고양이들이 정신없이 돌아다녔다. 반지하도 아닌데 곰팡이 냄새가 좀처럼 가시지 않는 석현의 집에서 나는 잠에 들었다. 석현은 더러 잠꼬대를 했다. 유리야…… 석준이 그 새끼가…… 그의 입에서 〈석준〉이라는 이름이 나올 때마다 나는 그와 똑같이 생긴 얼굴을 볼 때보다 더 소스라치게 놀랐다. 석준은 실재였고 나는 그의 동생과 함께 있다. 그러나 무엇을 위해서? 나는 왜 석현을 따라왔는지, 첫눈에도 불결해 보였던 〈뷰티 - 풀〉에서 왜 자리를 얼른 뜨지 않았는지 곰곰이 생각했다. 사실 이유는 명확했다. 그가 석현이었기 때문이었다.

나는 동이 트도록 되뇌었다. 석현이기 때문이다. 예나 지금이나. 나는 석현에게 만큼은 질문하지 않을 수 있었다. 〈지난 밤 일 잊었어?〉 같은 말, 석현에게는 필요 없었다. 그 옛날에도 그랬고 지금도 그랬다. 지나쳐 버릴 수 있었다. 언제나 내게 석현은 석준의 동생일 뿐이었고, 내 질문은 전부 석준을 향해 있었다. 석현은 내내 빙긋 웃으

며 나를 만지고 안았다. 기분이 무척 좋아 보였다. 나는 석현의 목덜미에 그려진 대나무 숲과 어깨를 타고 내려오는 치우천왕과 호랑이, 거북이 등의 계열도 근본도 알 수 없는 잡다한 타투들을 지켜봤다.

석준은 어디에 있을까. 석현에게 묻고 싶은 거라면 그것뿐이었다. 그러나 웬일인지 석현에게 그의 안부를 물을 수 없었다. 열네 살 그때부터 지금까지 우연히 석준을 한 번 마주친다면 더할 나위 없으리라고 생각했다. 그가 다닌다는 고등학교 근처를 배회했고, 밴드부 공연에도 갔었다. 그의 메일 주소를 검색해 그가 몸담은 커뮤니티(가령 서울시우수선도간부모임, 서울가톨릭청년간부모임 등)를 기웃거렸고, 그가 다닌다는 독서실까지 찾아가 봤으나 전부 헛된 일이었다. 석준은 농활 이후 자취를 감췄다. 성당에도 더는 나오지 않았다. 언니들로부터 석준에 대한 이야기가 더 이상 들려오지 않았다. 언젠가 용기 내서 고등부 언니에게 그의 안부를 물었을 때, 이젠 공부하기 위해 더는 청소년부 활동을 하지 않는다는 말을 들었다. 나는 성당 구석구석을 훑기 시작했다. 소성당 미사가 있는 모든

요일의 시간대를 파악하고 그를 찾으러 다녔다. 그러다 주말 저녁 미사에서 그 모습을 부모에게 들켰다. 부모는 내가 무엇 때문에 헤매고 다녔는지는 알지 못했지만, 며칠 후 외박을 하고 들어오자 내 머리카락을 가위로 잘라 놓았다. 처음으로 석현과 함께 잤던 날이었다.

부스스 눈을 뜬 석현이 또 가슴에 안겨 들었다. 무슨 생각해, 그가 물었다. 나는 무심코 대답했다. 결혼한 기야? 석현이 나를 올려다봤다. 그 말을 단번에 알아들은 석현이 정색하며 내게 올라탔다.

그때 처음, 석현은 내 목을 졸랐다. 잠시 목을 조르는 시늉을 하는 남자는 여럿 만나 봤으나, 그토록 필사적인 경우는 처음이었다. 그는 목젖을 정확하게 눌렀고, 양팔과 양다리를 자신의 몸으로 결박한 채 섹스를 했다. 더 이상 견디지 못한 내가 소리를 지르며 떼어 낼 때까지 그는 죽일 듯한 기세로 목을 졸랐다.

훗날, 나는 그때 내 품에 안겨 들던 동틀 녘의 석현을 기억하며, 그가 그때 여행 중이었던가, 그에게 약의 의미는 무엇일까, 진지하게 고민해 보게 되었다. 물론 그날의

행위는 비교적 온건한 것이었다는 것도 나중에 알았지만.

「석준이 그 새끼, 미국에 있는 신학대로 유학 가서 거기서 목사질 하고 자빠졌어. 종교도 개신교로 바꾸고.」

석현은 담배를 피우며 뇌까렸다. 파란 드로우즈만 입고 하염없이 담배를 피우던 석현은 같이 갈래, 물어 왔다.

「오빠 일하는 데 따라가 볼래?」

그날은 아무 일정도 없었으므로 나는 석현을 따라나섰다. 잡동사니가 널린 식탁 위에 그가 직접 그린 그림이 액자로 걸려 있다는 걸 훗날 알게 되었다. 여러 점의 드로잉은 한결같이 성교를 묘사하고 있었는데, 가장 크게 걸린 그림은 여자의 육체를 결박한 문어 그림이었다.

서교동 뒷골목에 위치한 그의 작업실 겸 숍에 도착하자마자, 나는 일종의 크루로 보이는 여자들의 기세에 흠칫 놀랐다. 전날 술집 〈뷰티 - 풀〉에서 봤던 비너스 타투 여자가 거기 있었다. 그녀가 웃옷을 걷어 올려 사람들에게 타투를 자랑하던 모습이 곧장 떠올랐다. 행인인지 남자 친구인지 알 수 없는 옆자리 남자가 그 부위에 입을 맞추던 모

습까지. 그녀는 석현과 같은 숍에서 일하는 동료였다. 그녀는 담배를 피우며 지껄였다. 이번엔 어느 대학교? 석현은 피식 웃었다. 얘가 대학생으로 보이냐? 그녀는 나를 잠깐 쏘아보는 듯하다 이내 미소를 띠며 지그시 바라봤다. 머리를 짧게 깎은 여자가 다가와 또 지껄였다. 둘 다 피곤해 보이신다. 오빠 너무 무리하는 거 아니야? 그녀는 내게 물 한 잔을 건네며 말했다. 미인 점 좀 찍어 드려요? 난 핸드포크인데. 환대와 적대가 묘하게 뒤섞인 분위기였다.

「아, 나 들어 본 적 있어, 이 사람. 유리 맞죠? 유리 언니.」

순간 등골이 쭈뼛했다. 석현이 내 어깨에 팔을 둘렀다. 세상에 유리가 하나뿐이겠냐, 그가 눙치는데 순간 역겨워져 그 팔을 뿌리쳤다. 얼마나 많은 여자가 이런 식으로 들렀다 간 걸까. 그는 내 이야기를 어떤 식으로 해왔던 걸까. 이 여자들은 석현과 무슨 관계인가. 단지 동료일 뿐일까, 다자 연애의 여러 갈래 중 하나일까. 더러운 것을 보면 찌푸리며 자꾸만 가까이 들여다보고 싶은 마음을 나는 잘 알았다. 나는 석현으로부터 도망칠 수 없을 것 같다는

불길한 예감에 휩싸였다. 먼저 갈게요, 숍에서 한 일이 아무것도 없는데 나는 죄라도 지은 듯 도망쳐 나왔다. 또다시 지금 같은 기분, 지금은 과거의 누차 반복일 뿐이라는 것을 실감하는 순간이 있었다. 그럴 때 나는 참을 수 없을 만큼 기분이 나빴고, 참을 수 없음이라는 말은 결코 성립할 수 없다고 생각했으며, 그렇다면 참거나 참지 않는 명확한 상태는 도대체 어떤 것인지 고민해야 했나. 그 생각의 기원은 1998년의 석준에게 있었다.

나는 석현에게로 돌아오고 말았다. 20년 만에.

석준을 다시 만났을 때도 있었다. 밤새 그 집 담벼락에 웅크려 앉아 그를 기다린 날이었다. 길고 긴 여름 방학이 끝난 지 얼마 되지 않았을 때였다. 석준은 이스트팩을 한쪽 어깨에 걸치고 멀리서 발을 질질 끌며 걸어왔다. 농활 이후 처음 보는 석준이었다. 애타게 석준을 생각할 때마다 떠오르는 내 머릿속 그의 이미지는 흔들리는 버스에서 짝다리를 짚고도 미동 없이 서서 점잖게 이야기하는 모습에 가까웠다. 그러나 왁스를 바른 그의 떡 진 머리카락

은 엉망이었고 가까이 다가오자 술 냄새가 확 끼쳤다. 나는 얼떨결에 일어나 그에게 꾸벅 인사를 했다.

「누구지?」

석준은 미간을 찌푸리며 나를 살펴보다, 아, 그래, 막내 유리, 하고 중얼거렸다. 목소리에 한숨이 묻어 있었다.

「나한테 용건 있니?」

「오빠가 메시지 남겨 달라고 했잖아요. 아무 때나.」

석준은 피식 웃었다. 그때 석현이 집에서 나왔다. 담요와 물 한 병을 들고. 그는 점잖게 석준을 꾸짖었다. 준아, 너무하는 거 아니냐? 이렇게 너를 기다린 애한테.

석준은 귀찮다는 듯 뒷머리를 거칠게 긁적이더니 뇌까렸다.

「어머니, 아버지, 안 계시지?」

그러더니 그는 발길을 돌려 왔던 길을 향해 다시 걸어갔다. 석현이 건넨 담요와 물을 들고 울가망하게 섰던 나는 눈물을 뚝뚝 흘렸다. 2학기가 시작된 지 얼마 안 된 때였고 춘추복을 입은 채였다. 전날 미술 수업 시간에 멍하니 수채화를 그리다가 잔뜩 흘린 물감이 베이지색 학생용

스타킹에 얼룩져 있었다. 석현은 그것을 한참이나 물끄러미 바라봤다. 멀리서 새가 울었고 나는 눈물을 흘리는 와중에도 〈아침에만 우는 새다〉라고 생각했다.

「춥니?」

나는 고개를 저었고, 석현은 내 손목을 잡았다. 나는 부모님이 없는 그들 형제의 집에서, 가족사진이 큰 액자에 담겨 걸려 있고 원목 탁자와 고풍스러운 소파가 놓여 있는 그들의 거실 마룻바닥에서 몸을 둥글게 말고 앉아 있었다. 나는 오랫동안 석현의 두 마디를 거꾸로 기억했다. 석준 형 없는데, 이리 올래? 석현과 재회한 후 옛날을 복기하며 나는 깨달았다. 정확한 대사는, 이리 올래? 석준 형 없는데, 였다는 것을. 석현을 다시 만난 이후 내 인생은 겨우 두 마디의 행간을 읽어 내는 데 그치고 말았다는 생각에 번번이 사로잡혔다.

내겐 전부였던 청소년부를 중학교를 졸업하기도 전에 떠났고, 성당에서는 냉담자가 되었고(어머니는 내가 교적에서 이미 〈행불자〉가 되었다고 했다), 그 모든 학교를 졸업하고 어린 시절의 동네를 떠나오기까지 다른 삶의 궤

적은 하나도 없다는 듯. 석현을 만나고 옛날로 돌아갔다. 미국에 있는 신학대에 유학하고 있다는 석준의 소식을 듣고도 아무렇지 않았지만, 석현을 만나러 가는 일을 멈출 수 없었다. 더 이상 석준이 그립지 않다는 것을 깨달은 순간 내게는 명분이 없었다. 그가 단지 석준의 동생일 뿐이라는 말로도, 그에게는 질문이 필요 없다는 말로도 나를 속일 수 없었다.

원고 마감이 밀려 있었는데, 석현을 만난 후로 전부 작파해 버렸다.

석현은 가끔 짧았던 미국 생활을 술회하곤 했다.

우린 전 세계 최하층민, 동양 남자였고, 거지였지. 석준이가 마약 하느라 날린 돈 때문에 월세 못 내고 쫓겨나서 박스 깔고 살았던 건 부모님도 몰라.

이십 대 초반에 그들 형제는 잠시 뉴욕에 살았다고 했다. 석현이 떠올리는 뉴욕은 주로 할렘이나 브루클린, 내가 떠올리는 뉴욕은 앵글로색슨에게 한국어로 전도를 하는 개신교도들이 모여 사는 퀸즈의 풍경이다. 마천루가 번

쩍이는 맨해튼의 이미지는 둘 중 누구도 떠올리지 않는다. 미국에는 그런 노인들도 있다는 걸 알고 있다. 〈우리가 진짜 뉴요커다, 젠트리피케이션으로 들어온 가짜들은 꺼져라〉, 이제는 거지가 된 옛 힙스터들.

나는 〈뷰티 - 풀〉에서 본 그들을 떠올렸다, 그들 표현대로라면 망원동, 상수동, 은석동 일대의 주인들이었다. 그날 본, 객기 넘치는 이른바 아티스트들 대부분이 강남에서 어린 시절을 보냈다는 사실을 알고 있었다. 나는 서울시 젠트리피케이션 현장 취재를 하고 기획 기사를 쓰는 객원 기자였으나, 마포구와 서대문구 일대에서 그들과 함께 반대 집회에 참여할 때마다 불편한 마음을 어쩌지 못했다. 〈뷰티 - 풀〉에서의 뒤풀이 현장을 목격하고는 더욱 그랬고, 갈수록 거기 모여 드는 사람들이 한 다리 건너면 석현과 아는 사이라는 것도 견딜 수 없었다. 석현과 나와는 어린 시절을 제외하고는 아무런 접점이 없었는데, 석현이 서교동에서 작업을 하고 〈그들〉과 어울린다는 까닭만으로 한 다리 건너 아는 사람들이 줄줄이 생겼다. 언젠가 취재 현장에서 스치듯 〈약쟁이〉 소리를 듣고 나는 깜짝 놀라 뒤

돌아보았다.

한편 〈약쟁이〉는 석현을 있는 그대로 지칭하는 말이라는 것을 나는 알게 되었다. 조롱도 비아냥도 아닌 사실 그대로의 진술. 석현은 정말로 마리화나를 했다. 그가 완전히 간 상태가 어떤 상태인지 나는 알지 못했고, 다만 지금은 어디까지 온 상태인가, 여기서 얼마나 더 가면 완전히 간 상태가 되는 것일까, 두려워할 수밖에 없었다. 가령 이런 순간.

이건 석준이 냄새 같은데.

나는 귀를 의심했다. 그는 나와 섹스를 하다 그 말을 던졌다. 그런 말이 무슨 의미가 있으며 뭣하러 그렇게 말하는지 나는 좀처럼 알 수 없었다. 그의 기분이 좋을 때도 있긴 했으나, 그가 자신이 늘 〈여행 중〉이라고 말하는 상태에 접어들면 대체로 난폭해졌다. 기분이 좋을 때의 석현은 즐겁게 웃으며 춤을 추거나 밥을 퍼먹었고, 멀리서부터 어린 시절 키우던 고양이가 수십 마리로 불어나 자신에게 달려오고 있다고 했다. 석현의 〈좋은 여행〉은 때로, 잠시뿐이었고 대부분 〈나쁜 여행〉에 빠져들었다. 그럴 때의

석현은 나를 안으며 괴팍해졌다. 석준을 들먹이며 시비를 거는 일도 잦았다. 어린 시절처럼 그를 〈준이〉라고 부르는 일은 한 번도 없었다. 언제나 석준이 그 새끼, 였다. 석현과 만날 때는 주로 늦은 밤이었고 우리는 항상 그의 집으로 가서 섹스를 했다. 그는 약을 하고 난 후에 꼭 내 목을 졸랐고, 뺨을 쳤으며 그 사실을 후회하지도 부끄러워하지도 않았다. 전혀 기억하지 못했기 때문에. 그런가 하면 멀쩡할 때의 그는 내 앞에서 당당하게 말했다. 〈나는 불법 시술자다〉, 〈나는 향정신 족속이다〉. 언젠가 옛날 옛적 학생운동으로 교도소에 다녀온 선배가 마약 사범들을 〈향정신 애들〉이라고 칭하곤 했다는 말을 들은 적은 있었다. 그 말이 마리화나를 하는 석준의 입에서 나오니 놀라웠다. 〈족속〉이라 함은 누굴 또 칭하는 것이며, 그 족속에 속하는 자들은 누구일까. 숍의 여직원들일까, 〈뷰티-풀〉의 소위 아티스트들일까. 어느 날 그가 술값을 대납해 달라고 〈뷰티-풀〉로 불렀을 때, 나는 폭발하고 말았다. 그는 예의 냄새나고 더러운 화장실에서 섹스하기를 요구했다. 나는 이제 그만두라며 소리를 버럭 질렀다. 그때 그는 나를 멍하

니 쳐다보며 말했다.

「유리야, 다 네가 원한 거잖아.」

나는 이렇게 더러운 것까지 바란 건 아니었다고 말했다. 그 말에 석현이 들고 있던 유리컵을 깼다. 석현은 네가 얼마나 고결하냐고 소리 질렀다.

「미국에서 대마한 새끼들은 있어 보이고 우리는 병신 같아 보이냐?」

또 석준 이야기였다. 석현과 만나기 시작하면서 나는 석준을 까맣게 잊고 있었다. 내가 본 석준이란 고작 아주 잠깐 고등학생 시절의 그일 뿐이었다. 석현은 만나는 내내 석준에게 집착했다. 농활 때의 폐교에서, 등나무 그늘 밑에 앉아서 얌전히 만화책만 보던 소년이 이제와 학생회장 형을 질투하듯. 그가 내 빰을 치며 헉헉거릴 때 일부러 심술궂게 물어본 적도 있었다.

「석준 오빠는 큰 교회 목사야?」

석현은 더욱 힘껏 내 빰을 쳤다. 왜 찾아가기라도 하게? 미국 촌구석에? 그런 반응이 나올 줄 알고 일부러 던진 말이었다.

나쁜 여행 중일 때 석현이 보는 세계는 어떤 걸까. 나는 그런 석현을 경멸하면서도 몇 달 동안 그와의 만남을 멈추지 못했다. 그곳이 천국이 아니라는 걸 알지만 나도 네가 보는 세계 한번 보고 싶다, 그런 생각을 하면서도 나는 결코 석현이 쉽게 취급하는 마리화나에 손대지 않았다.

나는 대신 석현에게 날이 갈수록 집착했다. 그와 약을 함께 하던 여자들은 누구였을까. 숍의 직원들과는 무슨 일 없었나. 〈뷰티 - 풀〉에서는 내가 없을 때 무슨 일이 벌어지고 있을까. 언젠가 석현은 간혹 자신에게 시술을 받는 여자들 중에 피학적인 섹스를 원하는 사람들이 있다고 말했다. 더 아프게 해달라고 요구한다거나, 시술이 끝나면 섹스를 하길 원한다거나. 아연실색하며 바라보는 내게 석현은 웃으며 넌지시 말했다. 물론 바늘 들고 있을 땐 그런 말 들어도 아무렇지 않아, 나도 프로인데, 다 끝나면 흥분되기는 해도. 갈수록 분명해지는 것은 내가 보고 싶은 그의 세계는 석현의 세계가 아니라 내가 없는 세계라는 것이었다. 나는 속하지도 못하고 잠깐 끼어들지도 못할 저 너머의 세계. 나쁜 여행 중일 때의 석현, 그리고 주변의 여자들.

그를 만나는 몇 달 동안 쓰지 못한 원고들은 전부 마포구, 서대문구 일대의 재개발 문제에 관한 것이었다. 나는 그 일대하면 〈뷰티 - 풀〉밖에 아무것도 떠올리지 못했다. 그 문제로 석현과 다툰 적도 있다. 너를 만나면서 내 머리는 굳어져 간다. 나는 아무것도 제대로 하지 못하고 있어. 석현은 나를 비웃으며, 석준과 만나면 둘이 그렇게 문어체로 대화하겠네, 하고 이죽거렸다. 그 새끼 한국말 점점 못해, 병신같이. 그는 나와 다투면 잠들어 버리거나 집을 나가 버리곤 했다. 그럴 때마다 나는 멍하니 뜬눈으로 그를 기다리면서, 종종 번뜩이며 육박해 오는 장면들을 마주해야만 했다. 그 옛날, 석준과 석현이 나를 번갈아 내려다보던 그때.

어떤 장면들은 끊긴 필름처럼 완전히 머릿속에서 삭제되어 있다가 문득 재생되기도 했다. 주일 학교 교사들은 절대 운동장 밖으로 나가지 말라고 신신당부했으나, 나를 데리고 나가는 석준을 보면서는 빙긋 웃기만 했다. 석준은 점잖은 학생회장이니까, 믿을 만한 청소년부의 대장이니까 그랬던 걸까. 그땐 그렇게 믿었다. 막내 유리는 뭐 좋아

해? 아이스크림 사줄까? 그런 말에 얼마나 설레었는지 지금도 떠올리면 아찔해지는 듯하다. 정작 정자에서 벌어진 일에 대해서는 간헐적으로 떠오르는 몇 장면들 말고는 아예 기억에 없다.

열네 살의 내가 언어화할 수 없었던 말들.

어떤 사람들, 특히 어른들은 이렇게 사랑을 한다고도 하더라.

모든 사람이 다 한 번씩 겪는 일이라는데 나는 좀 빠른 것뿐인지도 몰라.

분명 사랑이겠지만 이토록 처참하게 아픈 건 왠지 폭력 같기도 하다.

사랑과 폭력의 어떤 행위는 왜 이렇게까지 닮아 있는 걸까.

그런 문장들로 정리하지는 못했지만 당시 나는 그 비슷한 생각을 했었다. 멀찌감치 캠프파이어의 불길이 치솟고, 정자 옆을 지나던 석현이 〈야 임마, 뭐하는 거야?〉 뇌까리며 정자에 올라설 때, 석준에게 붙들린 손목을 빼내 얼굴을 가리고 싶다고도 생각했었다. 왜 얼른 가버리지 않

고 구경하고 있는 거지? 석현을 원망하면서.

다 끝나고 나서야 확신할 수 있는 석현과의 마지막 순간, 그는 약에 취해 내게 옛날 일에 대해 진지하게 말했다.

「유리야, 내가 그때 널 케어해 줬잖아. 나도 알고 보면 좋은 오빠 아니었니.」

그때.

「내가 찐따같이 너네 십 남벼락에서 기다렸을 때?」

아니, 석현은 풀린 눈을 하고 힘주어 단어들을 내뱉었다. 그때. 농활. 캠프파이어.

석준과 석현이 동시에 나를 내려다봤고, 석현이 꼴 보기 싫다고 생각하던 그때. 저 새끼는 제발 좀 사라져 버렸으면 좋겠다고 생각하던 순간. 나는 그때를 떠올렸다.

「오빠가 날 케어해 주다니 무슨 말이야?」

「준이가 널 강간했잖아…… 네 손목에 시뻘겋게 금가 있던 거 아직도 기억나. 어찌나 세게 붙들고 버텼으면 타투처럼 자국이 남았을까.」

「오빠, 잘 알겠지만 나도 석준 오빠를 좋아했어. 그런데 무슨 강간이야?」

「열네 살이었잖아. 너.」

뭘 안다고 입바른 소리를 지껄이는 걸까. 약에 취한 주제에.

그때 나를 내려다보는 네가 더 싫었어. 뭐 좋은 구경 났다고.

그 말들은 울음으로 터졌고, 석현은 나를 집 밖으로 쫓아냈다. 유리 너 이제 가버려, 넌 우리 인생에서 꺼져 버려 이제.

그와 헤어진 뒤 1년 후 〈뷰티 - 풀〉이 폐업했다는 이야기를 들었다. 은석동 외진 골목까지 땅값이 올라 버렸다는 것이었다. 나는 대번 석현의 허벅지를 어루만지던 사장의 얼굴이 떠올랐다. 술집을 방문한 친구들을 향해 씨발 새끼들, 자주 안 오냐, 소리 질렀던 여자. 석현을 다시 보지 못한 채 1년이 흘렀지만 〈뷰티 - 풀〉의 사람들을 생각하면 여전히 마음이 불편했다. 석현은 내가 없는 곳에서 여전히 그런 식으로 살고 있을까. 그가 내게 너는 얼마나 고결하냐고 외쳤던 순간을 떠올리면, 내가 결코 고결한 인간이

아니라는 것 또한 잘 알기에 마음이 아팠다. 지나치게 경멸하고 때론 저주했던 그 무질서한 인간들보다 내가 조금도 나을 것 없다는 것을 이미 알고 있었다. 1년 동안 그런 말이 수시로 떠올랐고 종종 〈참을 수 없어질 때면〉 나는 석현에게 찾아가려고 겉옷을 걸쳤다. 그가 연립 주택 자신의 자취방에서 여러 여자와 엉켜 난잡하게 놀고 있는 상상을 하며. 그의 숍 앞까지 가본 적도 있었으나 매번 돌아섰다. 내가 끝내 보고 싶은 게 그런 것은 아니었으니까.

더러 떠오르는 농활의 기억에 대해 석현이 끝없이 내게 뭔가 상기시키려 했다. 꿈에서도 나타나 지껄이는 석현. 준이가 널 강간했잖아…… 열네 살이었잖아 너. 나는 끝내 인정할 수 없었다. 어린 시절의 나는 석준의 세계를 동경했고, 내 머릿속에 고정된 이미지는 단정한 학생회장의 모습 그대로였고, 나는 그를 사랑했으니까. 뒤늦게 석현을 사랑했던 만큼. 현아, 이리 와서 얘 좀 어떻게 해봐. 그런 말이 떠오르지 않는 것은 아니었고, 저 멀리 치솟는 캠프파이어의 불길을 맥없이 바라보던 나는 무력했으나, 그래도 그를 경멸한 적 없었기에.

“텍스트와 그림이 서로 흐름을 끊는 데서 오는 파열, 그 아이러니가 매력적”

박민정

「뷰티-풀」의 이야기는 어디서, 어떻게 시작되었나?

1998년도의 〈나〉와 현재에 가까운 〈나〉의 시차. 한때 강렬하게 매혹되었던 죽음과 파열의 이미지로부터 벗어나려고 해보아도 끝내 머물러 있는 사람의 이야기를 쓰고 싶었다. 지금보다 더 어린 시절의 나는 〈사랑보다 아름다운 폭력〉이라는 말에 이끌릴 만큼 괴팍한 종류의 것들에 사로잡혀 있었다. 이제와 생각하길 〈청춘〉, 〈방황〉이란 대체 뭘까. 나에게 더 이상 청춘이라는 말을 수식할 수 없다고 느낀다. 다행이다.

작가 본인이 생각하는 이 이야기의 중심은 어디인가?

1998년의 캠프파이어 불길이 유리의 일인칭 시점에서 벗어나 부감의 시선으로 바뀌는 결말. 유리는 모르지 않았다. 첫사랑과 나눈 섹스가 사실은 강간이었다는 걸. 그럼에도 끝내 부인하고야 만다. 그래서 내겐 이 이야기가 〈모든 그녀의 첫 섹스가 전부 합의된 것이었을까? 강간이 아닌 경우가 얼마나 되는가?〉를 말하고자 하는 이야기가 되었다. 유리의 반평생을 걸친 자기 합리화가 청춘이라는 말로 오염되어 있다는 걸. 나 자신도 오래전부터 느껴왔다.

어떤 장면이 가장 마음에 남는지?

카페 〈뷰티-풀〉에서의 〈늙은 청춘〉들의 모습을 묘사하면서 많이 괴로웠다. 대부분 예술 대학과 예술계 안팎에서 본 사람들을 묘사한 것이다. 흔히 예술한다는 사람들의 객기, 치기, 그로부터 이어지는 폭력적인 행동들까지 내게는 너무나 괴로운 모습들이었고, 그것이 이른바 〈예술한다〉와 그 언저리의 양상이라는 세간의 이미지 역시 그랬다. 대부분 실제로 본 모습을 스케치한 거였다.

제목 〈뷰티-풀〉은 어떻게 붙이게 되었나? 〈티〉와 〈풀〉 사이의 이음표는 무엇인가?

소설에 나오는 〈좋은 여행〉과 〈나쁜 여행〉은 대마초 후 상태를 표현한 것이다. 〈네가 보는 세계를 나도 보고 싶다〉는 화자의 독백이 내겐 필요했다. 〈뷰티-풀〉은 소설에서 표현한대로 1998년작 영화 「바이준」의 소제목으로, 〈풀〉이 대마초를 의미하는 것이었다.

최근의 화두는?

신뢰할 수 없는 일인칭 화자. 그것이 가스라이팅에 의해서든, 다른 어리석음에 의해서든.

소설과 그림이라는 두 표현물이 만나 한 이야기를 그렸다. 이때 각 매체의 어떤 부분이 더 드러나거나 강조된다고 생각하는지?

나는 유물론자에 가까운 편이라서 소설과 그림이라는 각 매체 역시 발생된 이후 의미를 갖는다고 보았다. 우리가 어떤 방식으로 표현하려고 애써도 출판된 이후 독자들의 감흥은 모두 다를 것 같

다. 혹자는 소설의 흐름을 그림이 방해하고 있다고 여길 수도 있고, 혹자는 그림을 보는 일에 텍스트가 방해된다고 여길 수도 있다. 소설가로서 말하자면 소설 읽기는 기본적으로 추상의 단계를 거쳐 여기 없는 것을 있다고 믿는 감각의 훈련인데 그것을 이미지화한다고 해서 특별한 의미를 갖지는 않는다. 그러나 텍스트와 일러스트가 서로를 방해하거나 흐름을 끊는 데서 오는 파열, 그 아이러니가 매력적이리라고 생각한다.

유지현의 일러스트를 보고 본인이 생각했던 이미지와 어떻게 같고 어떻게 달랐나?

도리어 화려한 색채로 그려 낼 줄 알았다. 유지현 작가의 평소 작업을 참고해도 그렇고. 그런데 흑백이어서 놀랐고, 인물의 정서와 일인칭 시점에 초점을 맞춘 것을 보고 감탄했다.

그림 작품이 계기가 되거나 영감이 된 적이 있는가? 꼭 소설 작업이 아니더라도 같이 일해 보고 싶은 일러스트레이터나 화가가 있다면?

특정한 화가를 꼽을 수는 없지만, 나는 초상화에 관심이 많다. 기

회가 된다면 초상화에 코멘터리를 하는 작업을 하고 싶다.

이야기를 짓는 것이 자신에게 어떤 즐거움을 주는가?

음악이 시간을 찢고 회화와 조각이 공간을 찢는다고 흔히 말하지 않는가. 나는 이야기꾼으로서 이야기가 시간과 공간을 모두 찢는 것이 즐겁다.

소설을 쓸 때 중요하게 생각하는 것이나 본인만의 원칙이 있나?

의식하지 않고 쓰려고 노력한다. 내겐 원고를 끝낸다는 것만이 중요하다.

박민정에게 〈소설〉은 무엇인가?

이야기. 그러나 파열하는 이야기.

〈소설〉는 현시대에 어떤 힘을 지니고 있다고 생각하는가?

소설을 대체할 수 있는 장르는 없다. 소설이 가장 우월하다는 것이 아니라, 언어 외에 어떤 수단도 동원할 수 없는 서사라는 것이

그렇다. 역사적으로 특별한 힘을 가져 본 적 없어도, 소설이 갖고 있는 작은 힘이 훼손될 수는 없을 것이다.

좋아하는 단편 소설을 꼽는다면?

요즈음엔 대프니 듀모리에Daphne du Maurier를 다시 읽고 있다. 히치콕의 영화 「새」로 잘 알려진 원작 「새The Birds」는 정말 놀라운 소설이다. 「지금 쳐다보지 마Don't Look Now」도 마찬가지고. 그리고 함께 현장에 있는 동시대 한국 작가들의 단편 소설도 좋아한다.

단편 소설의 장점은 무엇일까?

조금 유치하지만, 마치 에스프레소를 들이켜듯 강렬한 단 한방의 맛.

소설을 쓸 수 없는 상황이 닥친다면 어떤 식으로 〈이야기〉에 대한 욕구를 표현할 수 있을까.

그때 아마 나는 이야기하지 못할 것 같다.

이 책을 〈테이크아웃〉 한다면 어떤 공간과 시간으로 이 책을 가지고 가고 싶은지?

잔인한 이야기인데, 캠퍼스에서 총총거리던 스물한 살의 내게 가져다주고 싶다.

"상처를 숨기려는 주인공을 검은 수채화로 표현하고 싶었다"

유지현

지금껏 그려 온 작품들을 보면 와글와글한 군상을 만화 같은 표현과 다양한 컬러로 그린다. 사람들을 더 많이 다양하게 그리는 이유가 있나?

독일에 살면서 정말 수많은 종류의 사람들을 만나고 사귀었다. 외모적으로나 성격적으로나. 그 다양한 사람들로부터 알게 모르게 작품이 영향을 받고 있는 거 같다.

해외에서 활동하는 것이 작업에 어떤 영향을 미치나?

독일에서 산 지 어느덧 8년 정도 되어 간다. 솔직히 말해서 정확히 어떻게 작업에 영향을 미치고 있는지 설명은 못하겠지만 친구

들이나 지인들한테 동양적이지 않다는 말을 많이 듣는다.

아이디어는 어디서 어떻게 나오는가?

사람들, 영화, 사진, 책. 어디 한 곳에서 아이어가 나오기보다는 그냥 여기저기서 본 것들이 머리에 저장되어 있다가 합쳐지거나 분리돼서 어느 순간 아이디어가 되어 나온다.

「뷰티-풀」을 읽고 가장 먼저 떠오른 이미지는?

마음 깊은 곳에 상처를 가지고 있지만 그것을 거부하거나 숨기려고 애쓰며 상처를 스스로 아름답게 포장하려는 여자의 모습이 떠올랐다.

컬러풀한 평소 작업과 달리 흑백 수채 기법을 선택했다. 〈뷰티-풀〉이라는 제목이나 떠들썩한 분위기 등 작품에서 주는 컬러풀한 느낌에 주목할 수도 있을 것 같은데, 흑백으로 그린 이유는?

겉으로 드러나는 제목이나 글의 분위기보다는 주인공이 겪은 그 상처에 초점을 뒀다. 그래서 일부러 컬러를 배제하고 흑백 그것도

수채화를 선택했다. 또 글을 읽으면 주인공이 현재와 과거를 오고 가면서 이야기가 진행되기 때문에 수채화만이 주는 일정적이지 않고 자유로운 붓 터치가 어울릴 것이라고 생각했다.

인물들은 모두 눈에 표정이 없는데, 이유가 있나?

개인적으로 사람의 눈, 표정을 같이 그리면 직설적이고 압도적인 느낌을 주고, 그러면 내가 표현하고자 하는 느낌을 방해하거나 왜곡한다고 생각한다. 그래서 표정, 특히 눈을 생략했다.

가장 좋아하는 작업 툴은 무엇인가?

연필과 붓. 연필은 직설적이고 선 하나하나 내가 통제할 수 있기 때문에 좋다. 하지만 붓은 그 반대로 예측할 수 없는 선의 굵기나 느낌이 표현되어 좋다.

문학 작품을 읽으면서도 영감을 얻는지 궁금하다. 가장 최근에 어떤 작품에서 영감을 얻었는지.

프란츠 카프카Franz Kafka가 쓴 「꿈Ein Traum」.

가장 좋아하는 소설은 무엇인가?

오스카 와일드Oscar Wilde의 「도리언 그레이의 초상The Picture of Dorian Gray」을 좋아한다.

동서고금 막론하고 같이 일해 보고 싶은 문인이 있다면?

오스카 와일드.

그림을 그릴 수 없는 상황이 닥친다면 어떤 식으로 〈그림〉에 대한 욕구를 표현하겠는가?

그런 상황을 겪어 본 적이 없어 잘 모르겠지만 종이를 잘라서 그림 대신 표현하지 않을까 한다.

이 작품을 〈테이크아웃〉 한다면 어울릴 시간이나 장소는 어디일까?

조용한 해변가나 강가에서 10시와 11시 사이.

박민정

2009년 『작가세계』 신인상에 단편 소설 「생시몽 백작의 사생활」이 당선되어 활동을 시작했다. 소설집 『유령이 신체를 얻을 때』, 『아내들의 학교』가 있다. 김준성문학상, 문지문학상을 수상했으며 2018년 「세실, 주희」로 젊은작가상 대상을 수상했다.

유지현

프랑스 문학을 전공한 후 독일 마인츠에서 커뮤니케이션 디자인을 공부하고 프랑크푸르트로 건너가 일러스트레이터로 자리를 잡았다. 「뉴욕타임스」, 『내셔널지오그래픽 트레블러』 등을 비롯하여 국내외 잡지들과 일하며 꾸준히 활동하고 있다.

TAKEOUT 07

버터-풀

글 박민정 **그림** 유지현 **발행인** 홍유진 **발행처** 미메시스

주소 경기도 파주시 문발로 314 파주출판도시

대표전화 031-955-4400 **팩스** 031-955-4404

홈페이지 www.mimesisart.co.kr **email** info@mimesisart.co.kr

ISBN 979-11-5535-137-6 04810 979-11-5535-130-7 (세트)

발행일 2018년 8월 1일 초판 1쇄

이 도서의 국립중앙도서관 출판예정도서목록(CIP)은 서지정보유통지원시스템 홈페이지 (http://seoji.nl.go.kr)와 국가자료공동목록시스템(http://www.nl.go.kr/kolisnet)에서 이용하실 수 있습니다. (CIP제어번호: CIP2018019635)

이 책은 실로 꿰매어 제본하는 정통적인 사철 방식으로 만들어졌습니다.
사철 방식으로 제본된 책은 오랫동안 보관해도 손상되지 않습니다.

TAKE OUT

테이크아웃은
단편 소설과 일러스트를 함께 소개하는
미메시스의 문학 시리즈입니다.

01 **섬의 애슐리** 정세랑×한예롤

02 **춤추는 사신** 배명훈×노상호

03 **우리집 강아지** 김학찬×권신홍

04 **밤이 아홉이라도** 전석순×훗한나

05 **우리는 사랑했다** 강화길×키미앤일이

06 **정선** 최은미×최지욱

07 **뷰티-풀** 박민정×유지현

08 **부산 이후부터** 황현진×신모래

근간 **사랑하는 토끼머리에게** 오한기×이소냐

비상문 최진영×변영근

몫 최은영×손은경

문학의 새로운 세대 손아람×성립

끓인 콩의 도시에서 한유주×오혜진

팬텀 이미지 정지돈×최지수

•

•

•

KB153174